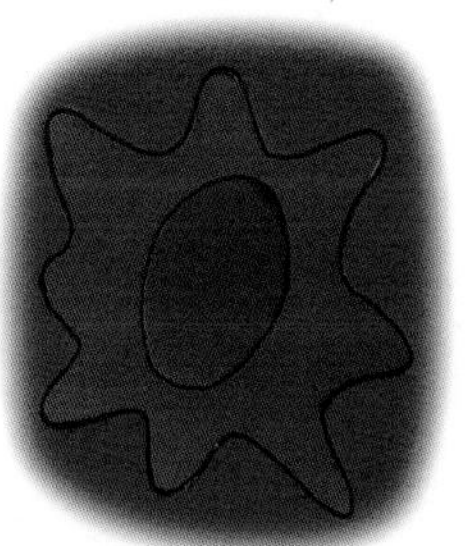

No es suficiente preparar
a nuestros niños para la vida;
debemos también preparar el mundo
para los niños.

La llaman AMÉRICA

por Luis J. Rodríguez
Traducción: Tino Villanueva
Ilustraciones: Carlos Vázquez

CURBSTONE PRESS

Del autor:
Este cuento se basa en mis experiencias de cuando trabajé con niños hispanohablantes junto con sus padres del barrio Pilsen de Chicago, en clases sobre cómo escribir a partir de sus vidas e imaginación. Quisiera agradecerle al Centro de Maestros de Chicago que me dio permiso para dirigir unos talleres de poesía en las escuelas públicas, en particular a Anne Schultz y su equipo de poetas, dramaturgos y cuentistas. Quisiera también darles las gracias a los participantes en los talleres, especialmente a la Sra. Huízar y sus cuatro maravillosos hijos que me invitaron a su hogar con lo cual reafirmaron que la poesía reside en todos nosotros.

Curbstone Press constituye una organización de artes literarias sin fines lucrativos de acuerdo con el código 501(c)(3). La realización de este libro ha sido posible mediante el apoyo del la Andrew W. Mellon Foundation, la National Endowment for the Arts y la Connecticut Commission on the Arts. Les agradecemos su apoyo.

Impreso en Hong Kong por Paramount Printing

Library of Congress Cataloging-in-Publication Data

Rodriguez, Luis J., 1954 -
[América is her name. Spanish]
La llaman América / por Luis J. Rodriguez; traducción, Tino Villanueva.
p. cm.
Summary: A Mixteca Indian from Oaxaca, América Soliz, suffers from the poverty and hopelessness of her Chicago ghetto, made more endurable by a desire and determination to be a poet.
ISBN 1-880684-41-1 (alk. paper)
1. Mexican Americans — Juvenile fiction. [1. Mexican Americans — Fiction. 2. Poets — Fiction. 3. Spanish language materials.] I. Villanueva, Tino. II. Title.
PZ73.R6292 1996
[Fic] — dc20 96-24508

CURBSTONE PRESS 321 Jackson Street Willimantic, CT 06226
e-mail: curbston@connix.com http://www.connix.com/~curbston/

Una niña india mixteca camina por el barrio Pilsen de Chicago. Tiene el cutis café miel y los ojos almendrados, grandes y negros; el pelo grueso lo lleva en trenzas. Nació en las montañas de Oaxaca. Recuerda todavía las cabras, los cerdos y la casa de techo de paja que antes era su hogar. Ahora se encuentra en un lugar extraño cuyo nombre ni puede pronunciar. Sueña en español con Oaxaca.

La llaman América. América Soliz. Tiene nueve años y tiene dos hermanos y una hermana. El nombre de su madre es Nayeli, un nombre mixteco que quiere decir "Flor de los Campos". Óscar, el padre de América, trabaja en las fábricas del sudoeste de Chicago. Duerme todo el día y trabaja toda la noche. Ella pocas veces lo ve. Su tío, el Tío Filemón, vive con ellos. Él también trabaja. Que si bebe. América quisiera que no bebiera.

En camino hacia la escuela América se sonríe con un hombre de Guerrero que vende helados de fruta de palito. Le hace adiós al barbero de Michoacán que está afuera de su barbería esperando a los clientes. Ve a unos jóvenes que están allí sin tener nada que hacer. Se sonríe con ellos. Ellos le sonríen y siguen hablando.

HELADOS

Al dar la vuelta en la esquina, ella ve a un chico que camina por la calle. Unos muchachos lo llaman. Él se da vuelta rápidamente, saca una pistola de la pretina y dispara contra el grupo. Los otros se echan a correr, pero América sólo se queda allí parada. A nadie le alcanza una bala. Ella se queda mirando al joven que entonces se vuelve a mirarla. La cara del joven es todo un ceño fruncido; su mirada, fría y siniestra. Se mete la pistola en la pretina y se aleja.

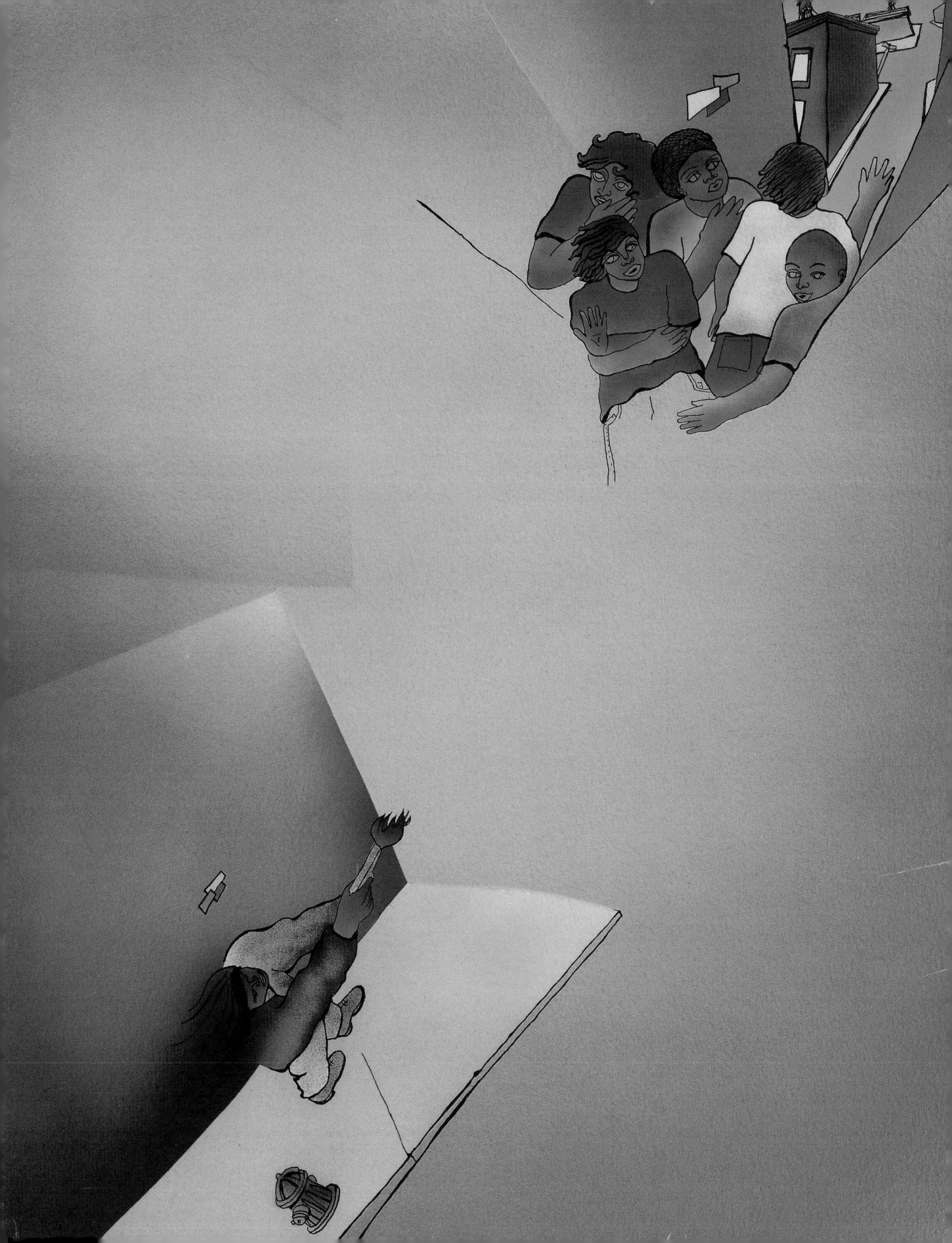

Cuando América llega a su clase de inglés como segundo idioma, se desliza silenciosamente en el salón a la misma vez que la señorita Gable les está gritando a los alumnos. "¡Siéntense! ¡Silencio!"

América se sienta en la última fila del salón y no dice nada. Antes América hablaba todo el tiempo. En su aldea ella le saludaba a los animales en un español mezclado con palabras mixtecas. Le cantaba a la mañana. Recitaba muchos poemas que le habían enseñado desde niña. Tenía buena voz—fuerte, amplia, libre. En Chicago, por alguna razón, ella ha perdido su voz. Piensa muchísimo en su hogar tan lejano que se le empieza a borrar de su memoria.

Ayer cuando se cruzó en el pasillo con la señorita Gable y la señorita Williams, oyó a la señorita Gable susurrar, "es una ilegal". ¿Cómo puede ser eso?—¿cómo puede ser que una persona sea ilegal?" Ella es mixteca, de una antigua tribu que existió antes de la llegada de los españoles, antes de los ojos-azules, aun antes de este gobierno que ahora la llama "ilegal". ¿Cómo es que una chica llamada América no pertenezca en América?

Pero hoy ocurre algo diferente en la escuela.
La señorita Gable presenta al señor Aponte, un poeta puertorriqueño que está de visitante. La señorita Gable le dice a él que se trata de una clase "dificultosa". El señor Aponte se queda viendo a todos y luego en español pregunta, "¿a quiénes de ustedes les gusta la poesía?" En seguida se ven alzarse muchas manos. "¿Quién quiere recitar poesía?", pregunta él. América levanta rápidamente la mano en alto. El señor Aponte le pide que se ponga de pie y recite un poema. América cierra los ojos y se mece al ritmo de las palabras en español que está recitando. Cuando termina, la clase estalla en aplausos. El señor Aponte se siente satisfecho. La señorita Gable simplemente frunce el entrecejo.

“Todos llevamos la poesía por dentro”, le dice el señor Aponte a la clase. “Cuando se usan las palabras para compartir los sentimientos con otra persona se es poeta y los poetas pertenecen a todo el mundo. Jamás olviden esto”. Él les cuenta sobre los grandes poetas en lengua española tal como Julia de Burgos, Pablo Neruda, Federico García Lorca y Sor Juana Inés de la Cruz. Luego le pide a la clase entera que escriban sobre sus vidas, sus memorias y sus sentimientos. Algunos de los niños no pueden escribir muy bien. Está bien dice el señor Aponte. “No se preocupen por la ortografía y la gramática— eso vendrá después. Escriban en español o en inglés, el que les sea más cómodo”. América empieza a escribir. Tiene tanto sobre qué escribir que piensa que no va a poder parar.

Cuando América llega a casa, oye que su padre está gritando. Lo han despedido de la fábrica. La familia se reúne para la cena alrededor de una mesa de madera en una cocina pequeña. La madre de América, enfadadísima, le dice a su padre: "Me llamaron una espaldamojada hoy en el mercado. No importa lo que hagamos—no pertenecemos aquí". El Tío Filemón entra en el cuarto de la cocina borracho y ruidoso. "Nunca digas que no perteneces en ninguna parte", dijo él. "Pertenecemos dondequiera y en todas partes. Una vez que creas que no perteneces, para siempre serás de los que no tienen hogar. Quizás volvamos a Oaxaca, quizás no. Por ahora, éste es nuestro hogar".

Después de la cena, mientras América está sentada a la mesa de la cocina para escribir, su padre pasa cerca.
"¿Qué estás haciendo, m'ija?", pregunta él.
"Estoy escribiendo", dice ella.
"¿Escribiendo? ¿Es tarea para la escuela?"
"No, papi, es para mí—estoy escribiendo un poema por mi placer".
"No desperdicies el tiempo. ¿Qué es lo que esperas conseguir con escribir? Aprende a limpiar casas, a cuidar de tus hermanos y hermanas. Escribir por tu propio placer no te dará para pagar las cuentas".

América está triste. "¿Llegará a ser ésta mi vida, el no escribir?", se pregunta. "Limpiar casas, casarme, tener hijos. Esperar que nos dé de comer la fábrica". En su mente se figura todas las caras marchitas que se asoman de las ventanas del tercer piso al caminar a la escuela y a los hombres desesperados sin trabajo parados en las esquinas. Todos ellos dan la impresión de estar atrapados como flores en un florero, llenos de canto y color, y sin embargo, atascados en un mundo gris de donde no encuentran salida. "¿Será ésta mi vida?"

El señor Aponte dejó de venir a la clase de América; había venido allí sólo como poeta de un programa especial. La señorita Gable está gritándoles a todos por hablar fuera de turno, por no hacer su trabajo como es indicado. América quisiera que el señor Aponte estuviera allí otra vez. Ella escribe sus cuentos y poemas en secreto ahora porque no tiene a nadie a quien leérselos.

En casa todos están preocupados. Hay días cuando la familia no tiene suficiente dinero para la comida. El Tío Filemón trabaja, pero principalmente para ayudar con el alquiler y comprar cerveza. Siempre enojado, el padre de América se pasea por las habitaciones y el pasillo.

América está callada y triste. Nayeli se sienta a la mesa con América y le dice, "M'ija, escribe algo para mí". América le da un lápiz y una hoja de papel y le dice, "Mamá, tú escribe algo también".

Cada día después de la escuela Nayeli y América se sientan alrededor de la mesa y escriben. Nayeli escribe sobre sus días ya idos en el rancho, sobre las altas hierbas y bueyes fornidos. Sobre sus muchos primos y la otra familia que siempre venía de visita. América sonríe mientras su madre lucha con las palabras. Ellas comparten sus cuentos entre las dos. Poco después el hermano mayor de América participa, luego los niños pequeños también se unen.

El Tío Filemón lee uno de los cuentos
de América y le dice que está muy bien. Su
padre entra y le dice, "¿Sigues escribiendo todavía?
¿Qué fue lo que te dije antes sobre esto?"

El Tío Filemón le da una mirada penetrante y dice, "Sí, y
ella es muy buena. Vaya hija que tienes aquí".

"Oh, tú qué sabes—tú ni puedes escribir", contesta el
padre de América.

"Sí, eso es verdad. Lo único que puedo hacer es trabajar
con mis manos y echarme unos tragos de cerveza", dice
Filemón. "Pero tu hija va a hacer más que tú y yo. Ya lo
puedo ver. Ella florecerá mucho después de que tú y yo
nos hayamos podrido en la huerta".

Unos días después América irrumpió en la cocina. "¡Mamá, mamá, tengo un cien!", exclama ella. "Me saqué un cien en mi tarea de escritura. Hasta le gustó a la señorita Gable". Nayeli rebosa de orgullo. "¡Yo sabía que podías hacerlo! Eres una poeta". Su padre aparta la vista de la televisión y le dice, "Oye, pues fíjate nomás. A lo mejor de verás tengo una poeta como hija". Se pone de pie. América piensa que su padre le va a gritar. En vez de eso, la abraza bastante fuerte. "M'ija", le dice. "No te preocupes, encontraré trabajo otra vez. Trabajaré duro todos los días, todas las noches si tengo que hacerlo. Qué bueno que estés escribiendo poesía". América se sonríe. El Tío Filemón le hace un guiño y le dice, "tú eres una poeta de verdad".

Una poeta de verdad. Eso le suena bien a la chica mixteca, quien, algunos dicen, no es de este ambiente. Una poeta—América lo sabe—pertenece a todas partes.

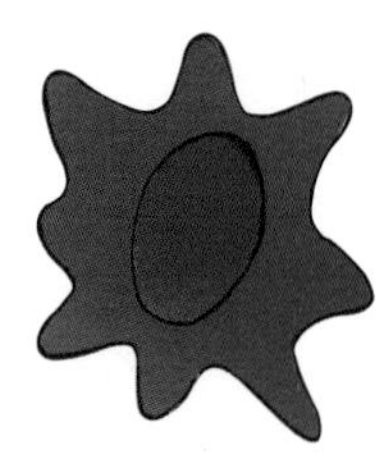

HELADOS